Vente du Mardi 4 Juin 1889

GRAVURES AU BURIN

EAUX-FORTES MODERNES

Suites de Vignettes pour illustrations

PORTRAITS, LIVRES

Provenant de la Succession de M. LAROZE

Imprimeur en Taille-douce

DONT LA VENTE AUX ENCHÈRES PUBLIQUES AURA LIEU

HOTEL DES COMMISSAIRES-PRISEURS

RUE DROUOT, N° 9, SALLE N° 5

Le Mardi 4 Juin 1889

A UNE HEURE ET DEMIE PRÉCISE

Me Maurice DELESTRE	M. L. DUMONT
COMMISSAIRE-PRISEUR	EXPERT, MARCHAND D'ESTAMPES
Rue Drouot, 27	*Quai des Grands-Augustins, 53 bis*

PARIS — 1889

IMPRIMERIE MAULDE ET RENOU

A. MAULDE & Cie

IMPRIMEURS DE LA COMPAGNIE DES COMMISSAIRES-PRISEURS

Rue de Rivoli, 144

GRAVURES AU BURIN

Biot, Blanchard, Burdet, Calamatta, Huot, Jacquet
Soumy, Thévenin, Toschi, etc.

EAUX-FORTES MODERNES

Bracquemond, Champollion
Courtry, Flameng, Mathey, Penet, Rajon, Waltner, etc.

FÉLICIEN ROPS

EAUX-FORTES D'APRÈS MEISSONIER

SUITES DE VIGNETTES POUR ILLUSTRATIONS

VUES, PORTRAITS, LIVRES, GRAVURES EN LOTS

Provenant de la Succession de M. LAROZE

Imprimeur en Taille-douce

DONT LA VENTE AUX ENCHÈRES PUBLIQUES AURA LIEU

HOTEL DES COMMISSAIRES-PRISEURS

RUE DROUOT, N° 9, SALLE N° 5

Le Mardi 4 Juin 1889

A UNE HEURE ET DEMIE PRÉCISE

Mᵉ Maurice DELESTRE
COMMISSAIRE-PRISEUR
Rue Drouot, 27

M. L. DUMONT
EXPERT, MARCHAND D'ESTAMPES
Quai des Grands-Augustins, 53 bis

PARIS — 1889

CONDITIONS DE LA VENTE

Elle sera faite au comptant.

Les Acquéreurs paieront CINQ POUR CENT en sus des enchères.

M. DUMONT, chargé de la vente, se réserve la faculté de rassembler ou de diviser les lots.

L'ordre du Catalogue sera suivi.

DÉSIGNATION

GRAVURES ET EAUX-FORTES

VIGNETTES, PORTRAITS

N. B. — *L'indication* B, *qui suit le titre de chaque pièce, renvoie à l'ouvrage de M. Béraldi,* les Graveurs du XIXe siècle.

ABOT

1 — Toilette de Vénus, d'après Boucher. — La Charité, d'après Dubois (B. 1).

Deux pièces, très belles épreuves d'artiste sur Japon.

BEAUGRAND

2 — Saint-Augustin et sa mère Sainte Monique, d'après A. Scheffer (B. 2).

Epreuve avant la lettre sur Chine.

BEAUVAIS

3 — Le Troupeau. — Au Pâturage.

Deux pièces, épreuves d'artiste avec dédicace.

BERTINOT

4 — Van Dyck, d'après lui-même (B. 6).

Très belle épreuve sur Chine.

BILLY (DE)

5 — Le Tournoi. — Kermesse, d'après Rubens.

Deux pièces, belles épreuves dont une sur Japon avec dédicace.

BIOT (G).

6 — Aglaé, d'après Cabanel.

Epreuve avant la lettre sur Chine, signée par le peintre.

7 — La Madone della Scala, d'après le Corrège.

Epreuve avant la lettre sur Chine.

BLANCHARD

8 — La Descente de croix, d'après Rubens.

Epreuve de remarque sur Japon.

9 — Portrait de Murillo, d'après lui-même.

Epreuve d'artiste sur Chine.

BLANCHART-MARTINET

10 — Sainte-Juste, d'après Murillo. — La Vierge à la rédemption, d'après Raphaël. — Ecce Homo, d'après Le Guide.

Trois pièces, épreuves d'artiste sur Chine.

BLERY

11 — Le grand Chardon. — La Patience d'eau et la Ronce à la vanne. — Fleurs diverses.

Six pièces, très belles épreuves d'artiste sur Chine.

BOCOURT

12 — Portraits de Corot, Millet, Courbet.

Trois pièces, très belles épreuves de remarque avec dédicace.

BODMER

13 — Trois oursons dans un arbre. — Cerfs à la reposée, etc.

Quatre pièces, eaux-fortes originales sur Chine et sur Hollande.

BOILVIN

14 — Le Roman comique (Planche inédite des sonnets et eaux-fortes). — Hérodiade. — Tête de Jeune Fille, d'après Greuze.

Trois pièces, très belles épreuves d'artiste sur Hollande et sur Japon.

BORREL

15 — La Fuite à dessein. — L'Eau. — Groupe d'amours. — L'Hiver, d'après Boucher.

Six pièces, épreuves d'artiste dont quatre signées et avec dédicace.

BOUTELIÉ

16 — Béatrix d'Este, d'après L. de Vinci (B. 2).

Epreuve avant la lettre avec dédicace.

BRACQUEMOND

17 — Portrait de Léon Cladel (B. 21).

Très belle épreuve d'artiste sur Hollande.

BRACQUEMOND

18 — Portrait de Legros (B. 73). — Portrait de M. Meyer (B. 80).

Deux pièces, belles épreuves d'artiste.

19 — Portrait de Ch. Méryon (B. 78).

Très belle épreuve d'artiste sur Japon, signée.

20 — Boissy d'Anglas, d'après Delacroix (B. 341).

Très belle épreuve d'artiste sur Hollande.

21 — Le haut d'un battant de porte (B. 110).

Très belle épreuve avant la lettre sur Japon.

22 — Sarcelles (B. 111).

Très belle épreuve d'artiste sur Japon.

23 — Ils s'en allaient dodelinant de la tête et barytonnant (B. 125).

Très belle épreuve d'artiste sur Japon.

24 — Au Jardin d'Acclimatation (B. 214).

Très belle épreuve d'artiste sur Japon, signée.

25 — Sur la Terrasse de la villa Brancas (B. 215).

Très belle épreuve d'artiste sur Japon.

26 — Roseaux et Sarcelles (B. 224).

Très belle épreuve d'artiste sur Japon, signée.

27 — Nuée d'Orage (B. 238).

Très belle épreuve d'artiste sur Japon, signée.

28 — La Servante, d'après Leys (B. 280).

Très belle épreuve avant la lettre sur Hollande.

BRACQUEMOND

29 — Portrait de Fernand (B. 43). — Promenade vénitienne, d'après Bonnington (B. 283).

Deux pièces, très belles épreuves d'artiste sur Japon et Hollande.

30 — La Femme au tigre, d'après Corot (B. 347). — Le Christ sur le lac de Genezareth (B. 346).

Deux pièces, épreuves d'artiste sur Hollande.

31 — Virginie de Leyva (B. 376). — Portrait de Champfleury (B. 374).

Deux pièces, belles épreuves.

32 — La Servante, d'après Leys. — Vase, etc.

Trois pièces, épreuves d'artiste sur Hollande.

33 — Vingt pièces pour les Saints Évangiles, d'après Bida (B: 464).

Épreuves d'artiste et d'état.

BRUNET-DEBAINES

34 — Marines, Vues, Paysages à l'eau-forte et à l'aquatinte.

Douze pièces, épreuves d'artiste. Rare.

BURDET

35 — Mater Christi, d'après Van Dyck (B. 2).

Épreuve d'artiste sur Chine.

36 — L'Immaculée Conception, d'après Murillo (B. 2).

Épreuves d'artiste sur Chine.

CALAMATTA

37 — Le Vœu de Louis XIII, d'après Ingres (B. 2).

Très belle épreuve avant la lettre.

38 — La Joconde, d'après L. de Vinci (B. 6).

Très belle épreuve avant la lettre.

39 — La Vierge à la chaise, d'après Raphaël (B. 11).

Très belle épreuve avant la lettre.

40 — Portrait de M. Guizot, d'après P. Delaroche (B. 18).

Très belle épreuve d'artiste.

41 — Portrait de M. le comte Molé, d'après Ingres (B. 32).

Très belle épreuve avant toutes lettres sur Chine.

CARRED

42 — Tête d'homme, d'après Goya. — Turc, d'après Bida. — Un Écossais.

Trois pièces, épreuves d'artiste avec dédicace.

CHAMPOLLION

43 — Un coin de jardin, d'après Casanova (B. 1).

Très belle épreuve avant la lettre sur Hollande.

44 — Collin-Maillard, d'après Watteau. — Portrait d'homme, d'après F. Hals.

Deux pièces, épreuves d'artiste.

CHAMPOLLION

45 — Sur la falaise, d'après Duez (B. 1). — Le Traîneau, d'après Boucher. — Intérieur turc. — La Vérité (B. 2.).

Quatre pièces, épreuves d'artiste.

46 — Embarquement pour Cythère, d'après Watteau (B. 4).

Très belle épreuve de remarque sur Japon avec dédicace.

47 — Le Menuet, d'après Jacquet (B. 7).

Très belle épreuve sur Chine.

CLÉMENT (A.)

48 — Le Christ au jardin des Oliviers, d'après A. Scheffer.

Épreuve avant la lettre sur Chine.

COURTRY

49 — Le Maréchal-ferrant en Bretagne, d'après Leleux (B. 1).

Trois pièces, belles épreuves d'artiste en différents états.

50 — Portrait de M. Israëls (B. 392).

Très belle épreuve sur Japon avec dédicace.

51 — Portrait du docteur Broca (B. 391).

Très belle épreuve d'artiste sur Japon avec dédicace.

52 — L'Homme au chaperon noir (B. 79).

Quatre pièces, épreuves d'artiste en différents états.

53 — L'Almée (B. 9).

Très belle épreuve sur Chine.

COURTRY

54 — La Fille de Charles Ier, d'après Van Dyck (B. 71).

Deux pièces, épreuve d'artiste.

55 — Contribution de guerre (B. 44).

Très belle épreuve de remarque sur Japon avec dédicace.

56 — Un Satisfait, d'après Lobrichon (B. 45).

Épreuve avant la lettre sur Japon.

57 — Intérieur arabe, d'après Guillaumet (B. 69).

Épreuve d'artiste sur Japon avec dédicace.

58 — Intérieur en Normandie, d'après Lhermitte. — La Toilette du grand-père, d'après Leloir (B. 249).

Deux pièces, épreuves d'artiste sur Japon avec dédicace.

59 — Le Linge de la ferme (B. 263).

Très belle épreuve de remarque sur Japon avec dédicace.

60 — Lion, d'après Barye (B. 68). — Recherche des truffes, d'après Vayson.

Deux pièces, épreuves d'artiste signées, une avec dédicace.

61 — Fin d'Été, d'après C. Duran (B. 67). — Intérieur arabe, d'après Guillaumet. — Trompette, d'après Géricault (B. 258).

Trois pièces, épreuves d'artiste, dont deux avec dédicace.

DAUMIER

62 — A l'Atelier, par Ramus.

Epreuve d'artiste sur parchemin.

DAUMONT

63 — Sous-Bois, d'après Zuber. — Le Passage du gué, d'après Dupré. — Paysages. — Marines, etc.

Huit pièces, épreuves d'artiste, avec dédicace, sur Japon.

DESMOULINS

64 — Victor Hugo.

Très belle épreuve de remarque, sur Japon, avec dédicace.

DETAILLE

65 — Trompette de chasseurs. — Uhlan en reconnaissance (B. 1).

Deux pièces, épreuves d'artiste, sur Hollande.

DIDIER-DUBOUCHET

66 — Anne de Clèves, d'après Holbein (B. 24). — Castiglione, d'après Raphaël.

Deux pièces, belles épreuves sur Chine.

FLAMENG

67 — Jésus guérissant les malades, d'après Rembrandt (B. 218).

Epreuve d'artiste.

68 — Portrait de Rubens, d'après lui-même.

Epreuve d'artiste sur Japon.

69 — Tète de jeune Fille, d'après Greuze. — Odalisque (B. 22), etc.

Six pièces, épreuves d'artiste.

FRANCK (J.)

70 — Portrait de M. le Comte de Morny, d'après A. Robert.

Épreuve sur Chine.

GAUCHEREL

71 — O ma tendre musette, d'après Ph. Rousseau. — La Jeune fille et la Mort, d'après Sarah Bernhardt. — Le Golgotha, etc. (B. 12), etc.

Cinq pièces, épreuves d'artiste, sur Japon.

GERAUT

72 — La Vierge de Lorette. — La Vierge au rideau, d'après Raphaël.

Deux pièces, épreuves avant la lettre, sur Chine.

GÉROME

73 — Le Fumeur (B. 1). — César mort (B. 3).

Deux pièces, épreuves d'artiste.

GIRARDET (E.)

74 — Les Noces du roi de Navarre, d'après Chevignard.

Épreuve avant la lettre, sur Chine.

GREUX

75 — Le Philosophe en méditation, d'après Rembrandt.

Très belle épreuve d'artiste, sur Japon.

GREUX

76 — Lion dévorant un lapin. — Lutte de Tobie avec l'Ange. — Héliodore, d'après Delacroix.

Trois pièces, épreuves d'artiste, sur Japon.

HAUSSOULIER

77 — La Semaine, d'après Ingres.

Suite complète de sept pièces et un titre, très belles épreuves.

HÉDOUIN

78 — Manon Lescaut. — Les Glaneuses (B. 24). — La Chasse (B. 21). — L'Horticulture (B. 23), etc.

Sept pièces, épreuves d'artiste.

HENRIQUEL-DUPONT

79 — Le marquis de Pastoret, d'après P. Delaroche (B. 54).

Deux épreuves, dont une à l'état d'eau-forte pure, l'autre, épreuve d'artiste avec les noms à la pointe.

HUOT

80 — Un Poëte florentin, d'après Cabanel.

Très belle épreuve d'artiste, sur Chine.

JACQUE (Ch.)

81 — Paysages et Sujets rustiques.

Vingt-huit pièces sur Chine.

JACQUET (Ach.)

82 — Flore (B. 10). — Psyché, d'après Cabanel (B. 11).

Deux pièces, épreuves d'artiste signées.

83 — Ophélie, d'après Cabanel (B. 12).

Epreuve d'artiste avec remarque, sur Japon, signée du peintre et du graveur.

JACQUET (Jules)

84 — Le Sacrifice (B. 19). — L'Invocation, d'après H. Le Roux (B. 20).

Deux pièces, épreuves d'artiste, sur Chine, signées du peintre et du graveur.

JEAURAT (Sébastien), LE CLERC, etc.

85 — Cérémonies du Mariage de Louis XIV, d'après Lebrun.

Cinq pièces, belles épreuves.

KRATKÉ

86 — La Pastorale.

Deux pièces, épreuves d'artiste sur Japon.

LAGUILLERMIE

87 — Gulliver, d'après Vibert.

Très belle épreuve d'artiste, sur Japon.

LALANNE, MARTIAL, etc.

88 — Siège et Commune, 1870-71.

Suite complète de sept séries d'eaux-fortes, comprenant quatre-vingt-quatre pièces, un titre et les couvertures, belles épreuves.

LALAUZE

89 — Le Baiser, d'après Fragonard. — Scène de Molière. — Jeux d'enfants, etc.

Six pièces, très belles épreuves d'artiste, sur Japon.

LANÇON

90 — Lion se désaltérant.

Epreuve d'artiste, avec trois remarques dans la marge du bas.

LAUGIER

91 — La Vierge dite la Belle Jardinière, d'après Raphaël.

Epreuve avant la lettre sur Chine.

LELLI

92 — L'élévation de la croix, d'après Rubens.

Epreuve avant lettre sur Chine.

LEPIC (Vte)

93 — Vues prises en Hollande.

Vingt-deux pièces avec dédicace à M. Coquelin.

94 — Chien de garde. — Chien d'aveugle.

Deux pièces, belles épreuves avant la lettre.

LE RAT

95 — Bijoux, bronzes, objets d'art.

Onze pièces, épreuves d'artiste.

LE SUEUR

96 — La pavane. — Un buveur.

Deux pièces, épreuves d'artiste sur Hollande dont une avec dédicace.

LETOULA

97 — La grand'mère, d'après Lhermitte. — Charlotte Corday, d'après Baudry.

Deux pièces, très belles épreuves d'artiste sur Chine, signées.

LÉVY

98 — Lucrèce et Tarquin, d'après Cabanel.

Epreuve avant lettre sur Chine.

LOS-RIOS

99 — Portrait de Sarah Bernhardt, d'après Bastien-Lepage.

Très belle épreuve d'artiste sur Hollande.

LOUIS (A.)

100 — Mignon aspirant au ciel. — Mignon regrettant sa patrie, d'après A. Scheffer.

Deux pièces, épreuves d'artiste.

MANESSE

101 — Les glaneuses de la mer, d'après E. Feyen.

Epreuve d'artiste avec dédicace.

MARTIAL

102 — Lettres sur le salon et le théâtre.

Dix pièces sur Hollande.

MASSARD

103 — L'Immaculée Conception. — La naissance de la Vierge, d'après Murillo.

Deux pièces, très belles épreuves avant la lettre.

MASSÉ

104 — Vue de Venise, d'après Ziem. — Retour de pêcheurs, d'après Hagborg.

Deux pièces, épreuves de remarque sur Japon avec dédicace.

MASSON

105 — Paysages, vues.

Neuf pièces, épreuves d'artiste avec dédicace.

MATHEY

106 — Rodolphe II, chez son alchimiste.

Très belle épreuve sur Japon avec dédicace.

107 — Le Christ. — Grand prêtre d'après Munkacsy. Tête de Saint Jean-Baptiste.

Trois pièces, belles épreuves d'artiste, dont deux signées.

MEISSONIER

108 — Polichinelle.

Belle épreuve.

MEISSONIER (D'après)

109 — Son portrait par Regnault.

Très belle épreuve d'artiste sur Chine.

110 — L'Audience, par Carey.

Très belle épreuve d'artiste sur Chine.

111 — Les amateurs d'estampes, par Courtry.

Très belle épreuve de remarque sur Japon, avec dédicace.

112 — Le maréchal de Saxe, par Courtry.

Très belle épreuve de remarque sur Japon avec dédicace.

113 — Arquebusier par Duvivier.

Très belle épreuve d'artiste.

114 — Le liseur, par Jacquemart, (B. 397).

Très belle épreuve d'artiste sur Hollande, signée.

115 — Défilé des populations lorraines, par Jacquemart. (B. 312).

Très belle épreuve d'artiste sur Hollande.

116 — Seigneur écrivant, par Lalauze.

Épreuve d'artiste sur Japon, signée.

117 — Tourne-bride, par Le Rat.

Très belle épreuve d'artiste sur Hollande.

118 — Le Philosophe, par Le Rat.

Très belle épreuve d'état, signée.

119 — Officier. — Joueur de guitare, par Le Rat.

Deux pièces, très belles épreuves d'artiste sur Chine.

MEISSONIER (D'après)

120 — La Barricade. — Le Convoi, par de Mare.

Deux pièces, belles épreuves sur Japon.

121 — L'Ordonnance, par Mongin.

Très belle épreuve d'artiste sur Chine, signée.

122 — Le Liseur, par Mongin.

Très belle épreuve d'artiste sur Hollande.

123 — Une Lecture chez Diderot, par Mongin.

Deux pièces, belles épreuves.

124 — Porte-drapeau, par Greux. — Lansquenet, par Lerat. — Compagnie de Mousquetaires, par Toussaint.

Trois pièces, belles épreuves sur Hollande.

125 — La Halte, par Lalauze. — Vedette, par Le Rat.

Deux pièces, très belles épreuves sur Hollande et sur Chine.

126 — L'Audience, par Carey. — Hallebardier, par Desclaux.

Deux pièces, belles épreuves.

127 — Portrait de M. Hetzel, par Manesse.

Epreuve d'état sur Hollande.

METZMACHER

128 — La Madona della Casa de Terra Nuova du musée de Berlin, d'après Raphaël.

Epreuve d'artiste sur Chine.

MILIUS

129 — Enfants, d'après Diaz. — L'Enfant à la gaufre. — Médée, d'après Delacroix. — Marine, d'après Van de Velde.

Quatre pièces, épreuves d'artiste.

MONGIN

130 — Jeune Fille au chat, d'après Giron.

Epreuve de remarque sur Japon avec dédicace.

131 — Le Christ devant Pilate, d'après Munkacsy.

Epreuve de remarque sur Japon, avec dédicace.

MULLER

132 — Portrait d'Évêque. — Un Décrotteur.

Deux pièces, épreuves d'artiste, signées.

MUZELLE

133 — La récolte des Foins, d'après J. Dupré.

Epreuve sur Chine.

NICOLLE

134 — Rue Caron à Rouen.

Epreuve d'artiste avec dédicace.

PENET

135 — Jeanne d'Arc, d'après Ingres.

Epreuve d'artiste sur Chine, signée.

PENET

136 — Fleurs de Printemps. — Fleur d'Été, d'après Sinibaldi.

Deux pièces avant la lettre sur Chine.

137 — Le Dante rencontre Mathilda, d'après Maignan.

Epreuve avant lettre sur Chine.

138 — L'Ange gardien, d'après Ferrier. — Le doux Sommeil, d'après Renard.

Deux pièces avant lettre sur Chine.

PICCINI

139 — Souvenirs de Rome.

Suite complète de douze pièces avec une préface de J. Claretie.

POYNOT (Mlle)

140 — Henriette de France. — Andromède. — Seigneur Henri II.

Trois pièces, épreuves d'artiste, signées.

RAJON

141 — Scène Flamande.

Très belle épreuve d'artiste sur papier ancien.

142 — Leçon de Musique.

Très belle épreuve d'artiste sur papier ancien.

143 — Cortigiana. — La Finette.

Deux pièces, très belles épreuves d'artiste.

RAJON

144 — La Mère de Rembrandt.

Très belle épreuve d'artiste sur papier vélin.

145 — Portrait d'Homme.

Très belle épreuve d'artiste sur Chine.

RAPINE

146 — La Vague, d'après Dupuis.

Épreuve de remarque sur Japon, signée.

147 — La Planète Vénus, d'après Faléro.

Épreuve de remarque sur Japon, signée du peintre et du graveur.

ROPS (Félicien)

148 — Norvégienne.

Très belle épreuve sur papier ancien.

149 — L'Oncle Claès et la Tante Johanna.

Très belle épreuve.

150 — Œuvres inutiles et nuisibles.

Très belle épreuve sur Japon.

151 — Mon Grand-Oncle. — La vieille Masken.

Deux pièces, belles épreuves.

152 — L'Olivierade.

Deux pièces, très belles épreuves, dont une avant la lettre.

153 — La Grève (Petite planche).

Très belle épreuve du 3e état, sur papier ancien.

ROPS (Félicien)

154 — La même Estampe.

Très belle épreuve, signée.

155 — La Femme au trapèze.

Très belle épreuve du 3ᵉ état.

156 — L'Affûteur.

Très belle épreuve.

157 — Paysage brabançon. — La Bûcheronne.

Deux pièces, très belles épreuves.

158 — L'Art moderne.

Très belle épreuve du 2ᵉ état.

159 — Paysan breton (2ᵉ état). — Paysanne du Bourbonnais.

Deux pièces, très belles épreuves.

160 — Parisine.

Très belle épreuve.

161 — Ma Golonelle !

Très belle épreuve avec les croquis, signée.

162 — Le Train des maris.

Très belle épreuve, signée.

163 — La Femme à la fourrure, assise (Grande planche).

Très belle épreuve du 2ᵉ état.

164 — La Femme à la fourrure, assise (Petite planche).

Très belle épreuve.

ROPS (Félicien)

165 — Bébé.

Très belle épreuve sur Japon, signée.

166 — Celle qui fait celle qui lit Musset.

Très belle épreuve.

167 — Le Petit modèle.

Très belle épreuve, signée.

168 — La Sieste.

Deux pièces, très belles épreuves, sur papier ancien.

169 — La même Estampe.

Très belle épreuve.

170 — Le Vol et la Prostitution dominant le Monde.

Très belle épreuve, signée.

171 — Le Bassoniste. — En prenant le Thé.

Deux pièces, très belles épreuves.

172 — Au feu.

Belle épreuve sur papier ancien.

173 — La Poupée du Satyre.

Très belle épreuve signée.

174 — Métella.

Trois pièces, belles épreuves sur Japon.

175 — **Menus.** — Le Paon. — Le Cochon nimbé. — Le Jockey. — Le Cheval rôti. — Le Dindon.

Lettrine. — Violettes de Mme Jeanne.

Six pièces, très belles épreuves, sur papier ancien.

ROPS (Félicien)

176 — Les Cousines de la Colonelle.

Très belle épreuve avant que la planche ait été coupée et avec des croquis dans la marge de droite.

177 — Les exercices de dévotion de M. Roche.

Très belle épreuve, avant le cuivre coupé.

178 — Les amusements des dames de Bruxelles. — Adresse de Nys, imprimeur.

Deux pièces, belles épreuves.

179 — Les Jeunes France, de Th. Gautier.

Deux pièces, belles épreuves, dont une en bistre.

180 — Petite Affiche de Rimes de joie.

Très belle épreuve.

181 — Rimes de joie.

Très belle épreuve.

182 — Frontispice de Curieuse, par Péladon.

Très belle épreuve, sur Japon, signée.

183 — Le plus bel amour de Don Juan. — La Messe de Gnide. — Fleur lascive. — Chansons de Collé.

Huit pièces, belles épreuves.

184 — Sujets divers.

Cinq pièces, sur Japon et Hollande, signées.

185 — L'Attrapade.

Trois pièces, épreuves d'artiste de trois états différents.

186 — Œuvres inutiles et nuisibles.

Deux pièces, épreuves d'artiste.

ROPS (D'après)

187 — Mademoiselle de Maupin.

Deux épreuves d'artiste, sur Japon, avec la remarque.

ROUSSEAUX-HUOT

188 — Portrait d'homme, d'après Francia. — Le Baron Denon, d'après Prud'hon.

Deux pièces, belles épreuves, sur Chine.

RUET

189 — La dernière Gerbe, d'après Leloir.

Deux pièces, épreuves de remarque, sur Japon.

190 — L'Atelier, d'après Leloir.

Deux pièces, sur Japon, dont une avec remarque et dédicace.

SOUMY (J.)

191 — Sainte-Véronique et Simon le Cyrénéen, d'après E. Lesueur. — Le Christ mort, sur les genoux de la Vierge, d'après Van Dyck.

Deux pièces, épreuves avant la lettre, sur Chine.

SPINELLI

192 — La Partie d'échecs, d'après Flameng.

Deux épreuves d'artiste, dont une d'état.

TEYSSONNIÈRES

193 — Saint Bruno, d'après J.-P. Laurens. — Samson combattant les Philistins, d'après Decamps. — Les Charmeurs de serpents, d'après Fortuny.

Trois pièces, épreuves d'artiste.

THÉVENIN

194 — Le Marquis d'Avallos et sa famille, d'après le Titien.

Epreuve d'artiste.

TOSCHI (P.)

195 — Vénus et Adonis, d'après l'Albane.

Epreuve avec la lettre grise.

TOUSSAINT

196 — Descente de Bohémiens. — Les Côtes du Maroc. — Causerie d'amour.

Trois pièces, épreuves d'artiste, dont deux avec dédicace.

TRAVIES

197 — Oiseaux.

Quatre planches en couleur.

VIGNETTES

SUITES COMPLÈTES

198 — **Lettres persanes**, suite complète de 8 pl. gravées par *Boilvin*, d'après *de Beaumont*, épreuves d'artiste.

199 — **Contes de La Fontaine**, suite complète de 10 pl. et un portrait, gravés par *Boilvin*, d'après *de Beaumont*, épreuves sur Japon, signées.

200 — **Daphnis et Chloé**, suite complète de 6 pl. gravées par *Boilvin*, d'après *Prud'hon*.

Epreuves d'artiste.

201 — **Œuvres de F. Coppée**, suite complète de 8 pl. et un portrait gravés par *Mongin*, d'après *Boilvin*, épreuves d'artiste sur Japon.

202 — **Lettres de mon Moulin**, suite complète de 5 pl. gravées par *Buhôt*, épreuves sur Japon avec les marges symphoniques.

203 — **Faust**, suite complète de 6 pl. gravées par *Champollion*, d'après *J.-P. Laurens*, épreuves d'artiste sur Japon.

204 — **Nuits de Straparole**, suite complète de 14 pl. gravées par *Champollion* d'après *J. Garnier*, épreuves d'artiste sur Hollande.

205 — **Graziella**, suite complète de 6 pl. et un portrait gravés par *Champollion*, d'après *Brantôt*, épreuves d'artiste sur Japon.

206 — **Un Enlèvement au XVIIIe siècle**, suite complète de un frontispice, deux en-tête de page et un cul-de-lampe, par *Lalauze*.

Quatre pièces épreuves d'artiste.

207 — **Jocelyn**, suite complète de 9 pl. et un portr. gravés par *Los-Rios* d'après *Besnard*, épreuves d'artiste sur Japon.

208 — **Le Capitaine Fracasse**, suite complète de 14 pl. et un portrait, gravés par *Mongin*, d'après *Delort*, épreuves d'artiste sur Japon avec dédicace.

209 — **Le Roi des Montagnes**, suite complète de 7 pl. et un portrait gravés par *Mongin*, d'après *Delort*, épreuves de remarque sur Japon avec dédicace.

210 — **Manon-Lescaut**, suite complète de 14 pl. gravées par *Huet* et *Boulard*, d'après *Leloir*, épreuves de remarque sur Japon, signées.

211 — **Molière**, suite complète de 6 pl., un portrait et la couverture gravés par *de Mare*, d'après *C. Coypel*, épreuves d'artiste sur Japon, signées.

212 — **Contes de La Fontaine**, suite complète gravée par *de Mare*, d'après *Fragonard* et *Touzé* (Lib. Conquet. Paris).

213 — **Le Duel**, suite complète de 4 pl. gravées par *Courtry*, *Bichard*, etc.

Epreuves de remarque sur Japon.

214 — **D'après nature**, par *du Costal*, avec planches de Boilvin, Courtry, Lefort, etc.

Cinq pièces, épreuves d'artiste.

215 — **Album de Ma-Ta**, suite complète de 21 pl. gravées par *G. Bigot*; croquis japonais.

216 — **Die ballade der Lenore**, par *Bürger*, suite complète de 12 pl.

217 — **Les Chefs-d'œuvre inconnus** et divers, frontispices, vignettes, en-têtes de pages, culs-de-lampe, par Lalauze.

Dix-huit pièces, épreuves d'artiste.

VIGNETTES ET PORTRAITS

POUR ILLUSTRATIONS

218 — **Anonyme,** Mme Adam, Mme Judith Gautier.

Deux charmants portraits ovales avec cadres ornementés, épreuves d'artiste.

219 — **Géry-Bichard, Champollion.** Frontispices, Vignettes.

Six pièces épreuves d'artiste.

220 — **Bida.** Aucassin et Nicolette.

Six pièces, épreuves d'artiste.

221 — **Boilvin, Lalauze.** Portraits de Michelet, le Bibliophile Jacob. — Coquelin cadet dans le rôle de Tabarin.

Trois pièces, épreuves d'artiste.

222 — **Champollion, Courtry, Lalauze,** etc. Vignettes pour le Victor Hugo, édition nationale.

Douze pièces, épreuves d'artiste.

223 — **Champollion, de Mare.** Portraits de M. Chevreul, de magistrats, etc.

Trois pièces, épreuves d'artiste.

224 — **Courtry Manesse.** Henry Murger en pied. — J. Favre. — Champfleury. — Th. de Banville.

Quatre pièces, épreuves d'artiste.

225 — **Damman.** Portrait de M. P... dans son cabinet de travail, d'après Grolleron.

Très belle épreuve d'artiste.

226 — **Delierre.** Vignettes pour les Fables de La Fontaine.

Onze pièces, épreuves d'artiste.

227 — **Desboutins, Lessore.** Portraits de Th. Gautier, A. Dumas, Victor Hugo, de Goncourt, J. Janin, H. Monnier.

Six pièces, épreuves d'artiste.

228 — **Duvivier.** Uue Page d'Amour de Zola, d'après Dantan.

Six pièces, épreuves d'artiste.

229 — **Duvivier.** Portraits de E. Morin. — Hédouin. — Duvivier.

Trois pièces, épreuves d'artiste.

230 — **Duvivier, Daumont**, etc. M. de Camors. — Sapho, d'après Rejhan.

Onze pièces, épreuves d'artiste.

231 — **Gaujean, Champollion.** La Dame aux Camélias. — Le Paroissien du Célibataire, etc.

Quatorze pièces, épreuves d'artiste.

232 — **Lalauze.** Les Mille et une Nuits.

Seize pièces, épreuves d'artiste.

233 — **Lalauze.** Vignettes pour Gil Blas.

Dix pièces, épreuves d'artiste.

234 — **Lalauze.** Frontispices, Vignettes.

Six pièces, épreuves d'artiste.

235 — **De Liphart.** Daudet.

Deux épreuves d'artiste sur Japon.

236 — **Louveau Rouveyre.** Frontispices, la Régence, nouvelles à la main, etc.

Six pièces, épreuves d'artiste.

237 — **De Mare.** Portraits de Coypel, etc.

Quatre pièces, épreuves d'artiste.

238 — **De Mare.** Bal paré, frontispice, culs-de-lampe.

Dix pièces, épreuves d'artiste.

239 — **Mongin, Ruet.** Vignettes pour Jacques le Fataliste, Manon Lescaut, d'après Maurice Leloir.

Dix pièces, épreuves d'artiste.

240 — **Mordant.** Madame Bovary, d'après Fourié.

Six pièces, épreuves d'artiste.

241 — **Rajon.** Portrait de Champfleury.

Très belle épreuve d'artiste.

242 — **Toussaint, Vallet.** Vignettes pour Mauprat, M. le Ministre, etc., d'après Le Blant et A. Marie.

Quatorze pièces, épreuves d'artiste.

243 — **Boilvin, Bracquemond, Hédouin, Le Rat.** Vingt-huit pièces pour les Saints Évangiles, d'après *Bida.*

244 — **Boilvin, Bracquemond, Hédouin. Le Rat.** Trente-deux Pièces pour les Saints Évangiles et la Bible, d'après Bida.

Epreuve d'état.

245 — Vignettes pour différents ouvrages.

Vingt pièces, épreuves d'artiste.

246 — **Les Tableaux du Salon,** par Mongin, Lefort, Ruet, Faivre, etc.

Dix pièces, épreuves d'artiste avec remarque.

247 — **Le Livre d'or du Salon**, par Mongin, Mathey, Le Couteux, etc.

Dix-huit pièces, épreuves d'artiste.

248 — **Le Livre d'Or,** *Catalogues*, par divers artistes.

Vingt pièces, épreuves d'artiste.

VUES

249 — **Brunet-Debaines**. Suite de Londres et de ses environs.

250 — **Toussaint.** Sainte Chapelle, Musée de Cluny, Jubé de Saint-Etienne-du-Mont. Amiens, Reims.

Cinq pièces, épreuves d'artiste.

251 — Vues de Londres, Cambridge et ses environs. Liverpool, etc.

Dix-huit pièces, épreuves d'artiste.

WALTNER

252 — Portrait de femme, d'après Mme Vigée-Lebrun.

Très belle épreuve avant la lettre.

253 — Portrait de Mme la comtesse V., d'après C. Duran.

Très belle épreuve d'artiste sur parchemin, signée.

254 — Harmony.

Très belle épreuve sur Chine.

255 — Van Vestrum.

Très belle épreuve d'artiste sur Hollande, signée.

256 — L'Abreuvoir, d'après Troyon.

Très belle épreuve d'artiste sur Japon.

257 — Lady Ellenborough. — A Yeoman of the guard. Femme à l'éventail.

Trois pièces, très belles épreuves sur Hollande.

258 — Sous ce numéro il sera vendu quelques lots d'eaux-fortes modernes, vues, paysages, sujets divers.

LIVRES

259 — **Bonnardot** (A.). *Essai sur la restauration des anciennes estampes et des livres rares,* avec le supplément (Paris 1846).

260 — **E. Boursault**. Lettres à Babet, notice de M. Emile Colombey, portrait et index. (Paris, Quantin.)

261 — **Calamatta et de Meulemeester**. — Les Loges de Raphaël.

Collection complète de cinquante-deux pièces sur Chine.

262 — Catalogue de la collection. Laurent Richard. Illustré de 53 eaux-fortes. (Paris 1878.)

263 — **Catalogues**. — Suermondt. — Lazerges. — Aquarelles modernes.

264 — **Ch. Cros**. — *Le Fleuve*, eaux-fortes d'E. Manet. (Paris, 1874.)

265 — **Lièvre**. — Musées et collections. Reproductions d'armes de meubles et d'objets d'art. — Trente-six pièces reliées en 1 vol. couv. toile.

266 — **Louis Leroy**. — *Les Pensionnaires du Louvre*, dessins de Paul Renouard (L'Art. 1880).

267 — **A. Piedagnel**. — *J.-F. Millet*. Souvenirs de Barbizon avec 1 portrait et 9 eaux-fortes (Cadart, 1876).

268 — **P.-J. Stahl**. Voyage où il vous plaira. (Paris, Hetzel, 1843.)

269 — Sous ce numéro il sera vendu quelques livres en lots.

270 — Gravures anciennes en lots.

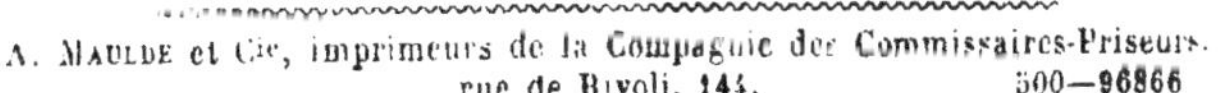

A. Maulde et Cie, imprimeurs de la Compagnie des Commissaires-Priseurs. rue de Rivoli, 144. 500—96866

www.ingramcontent.com/pod-product-compliance
Ingram Content Group UK Ltd.
Pitfield, Milton Keynes, MK11 3LW, UK
UKHW020216180726
13838UKWH00005B/2024